Librairie LÉON VANIER, 19, quai Saint-Michel, Paris

Envoi franco contre mandat ou timbres poste

JULES LAFORGUE	Les Complaintes	3f »
	Imitation de Notre-Dame la Lune	2 »
	Moralité Légendaire (6 contes en prose)	6 »
TRISTAN CORBIÈRE	Les Amours Jaunes	3 50
ARTHUR RIMBAUD	Poèmes et Poésies	3 50
PAUL VERLAINE	Poètes Maudits	3 50
	Sagesse	3 »
	Amour	3 »
	Bonheur	3 50
JEAN MORÉAS	Cantilènes	3 50
	Le Pèlerin Passionné	3 50
STÉPHANE MALLARMÉ	L'Après-Midi d'un Faune églogue, avec dessins de Manet (plaquette d'art sur Japon)	5 »
	Poèmes d'Edgard Poë, avec illustrations de Manet (traduction en prose)	10 »
GUSTAVE RIVET	Hector l'Estraz	3 »
CHARLES MORICE	Paul Verlaine, l'homme et l'œuvre, avec un curieux portrait	2 »

STUPEUR

Poèmes

GUSTAVE-CHARLES TOUSSAINT

STUPEUR

Poèmes

« Je dis mes Visions, Hantises qui s'effarent
Et d'étrange Lumière et de blême Stupeur. »

PARIS

Léon VANIER, Libraire-Éditeur

19, QUAI SAINT-MICHEL, 19

1891

Tous droits réservés

Table des Poèmes

A la Mémoire éternelle et sacrée
du Poète Edgar Allan Poë
Ces Voix de mon Rêve
Lividement.

La Voix du Mystère

Au Maître Penseur Leconte de Lisle.

Étrangement vibrent ces vers, âpre Fanfare,
Rhythmes inquiétants ouïs dans la Torpeur
Où l'effroi douloureux de mon Rêve s'effare :
Dire d'Hypnose, thème hallucinant : Stupeur.

Or la Stupeur est bien la sœur de la Névrose ;
Sur mon cerveau, qu'étreint le Délire natal,
Plane un Effarement conscient et fatal :
Et je vois blême un Amour blanc sous un Ciel rose.

Et vient la Légion des Visions, symptômes
De l'Épouvante, ainsi qu'en songes accablants ;
Viennnent des Trépassés très pâles et tremblants —
O les tristes frissons que ceux de ces fantômes.....

Mais non ! Ils dorment bien, les pauvres Morts tranquilles :
Ce n'est là qu'un horrible leurre sépulchral
Et sur l'Évocateur, au long des nuits fébriles,
La répercussion du Poème spectral.....

Me hante enfin l'appel lointain de l'Inconnu :
Et j'ai cru, par delà les Soleils de l'Espace,
Entrevoir l'écrasant Mystère face à face :
Et j'ai vu LES CHOSES QUI SONT, et CE QUI FUT,

Et la Vie infinie, et toujours de vieux Morts,
De plus en plus vagues et vieux et plus étranges,
Tous impassibles, tous étant, sans un remords,
O Mort! l'effrayante Matière que tu manges.

Pourtant des Rayons blancs d'une douceur sacrée
Ont pénétré parmi les Fièvres de mon front :
Et c'est pourquoi des chants rosés d'aube nacrée
Dans ce Livre aux mornes Terreurs se mêleront.

Mais je sais l'Épouvante et, livides, fanfarent
Mes vers, suggestions d'Extase et de Torpeur ;
Je dis mes Visions, Hantises qui s'effarent
Et d'étrange Lumière et de blême Stupeur.

Edgar Allan Poë

Prêtre vertigineux de l'Art et de l'Idée,
Ta voix étreint l'Espace et domine le Temps.....
Prosternez-vous, pauvres Poëtes du printemps,
Pauvres lilas, devant l'effrayante Orchidée.

Edgar Allan ! Edgar Allan Poë! Es-tu pas
Le voyant de ces Rêves sans nom que tu chantes?
— Et le roi du blême Pays des Épouvantes,
Où je veux pénétrer, avide, sur tes pas.....

Où je voudrais, parmi des marais insalubres,
Ramper sur des tombeaux hantés d'anciens trépas
Et hagard, m'enivrant de leurs baisers lugubres,
A des nœuds de Larves, la nuit, ouvrir les bras !

*
* *

Et tout le désespoir des hommes de la terre
Et toute la stupeur atroce de la Mort
Frissonnent dans ton cri suprême : « Nevermore » ;
Et tu sondas tous les arcanes du Mystère ;

Et tu scrutas les fatidiques avatars
Et la vie éternelle et sombre des atomes ;
Et tu connus, dans la vision des Fantômes,
L'occulte effarement des Au-Delà blafards.....

Et tu gravis les cimes d'or de l'Art superbe,
Poète hallucinant que les Ages liront !
O Génie absolu qui portais dans ton front
L'Infini de l'Idée et la Splendeur du Verbe !

Automnes Pâles

« *De mauvais roses de phtisie...* »
(M. Rollinat. — *Les Feuilles Mortes.*)

Or il me plut, étant amant des teintes d'ambre,
D'aller voir dans les bois ce qu'il était resté
Aux tristesses d'adieu des soleils de Novembre,
Des feuilles et des fleurs dernières de l'été;

Et d'aller voir encore, au morne soir qui tombe,
Transi sur le sol brun quelque insecte mourir,
Un Poème de mort, frêle toit pour sa tombe,
Lambeaux blancs et glacés de corolles, s'offrir.

Et je vis, cheminant sous les grises nuées,
Les suprêmes frissons de vie emmi les prés,
Le val enlinceulé dans les pâles buées :
Brume blême qui tremble au flanc des rocs pourprés :

Des rocs pourprés, marbrés de taches violettes,
Rigides s'érigeant au penchant des coteaux —
Et vous défiez bien les porteurs de palettes,
O fantômes de pierre, en vos vagues manteaux.....

Mousses en tapis doux aux moelleuses franges,
D'où surgit par endroits quelque tragique houx,
Et vous, vieux troncs bossus aux nouures étranges,
Sous les baisers rongeurs des cryptogames roux.....

⁎⁎

Qui dira les sanglots des lentes agonies
Des fleurettes d'azur et des insectes d'or,
Et l'air livide et ses mornes monotonies ?
Plus ne sont les rayons royaux de Messidor ;

Plus ne sont les éclats et les parfums splendides,
Épanouissements verts sous le ciel bleuté,
Les Fanfares du Rose et les fraîcheurs candides ;
L'écarlate n'est plus des bruyères d'été.....

Nous nous abreuverons d'ivresses non banales,
Cherchant à recueillir, sur le sol froid penchés,
Par le bois deux ou trois pâles fleurs automnales,
Sous les safrans rouilleux des feuillages séchés.

Ballade des Épouvantes

I

La brume estompe les contours
Et les morts pleurent, monotones,
Des fleurs roses et des amours,
Sous le linceul blafard des automnes :

Sous le linceul blafard des automnes,
Meurent les fleurs et les amours ;
Les choses pleurent, monotones :
Sanglots de sang et gris contours.

II

Ce sont des deuils navrés, des deuils,
Des cris d'agonie et des râles,
Des simulacres de cercueils,
Dans les vagues lueurs des nuits pâles :

Dans les vagues lueurs des nuits pâles,
Ce sont des ombres de cercueils,
Ce sont des cris mourants, des râles,
Ce sont des deuils navrés, des deuils.

17

III

Des cloches de glas et d'enfer
Hurlent et grincent, triomphales,
Leurs sinistres chansons de fer,
En le souffle glacé des rafales :

En le souffle glacé des rafales,
Grince et hurle la voix de fer
D'étranges cloches triomphales,
Chansons de glas, chansons d'enfer.

IV

Krakeus géants et noyés verts,
Vaisseau-Spectre aux marins sans têtes
Surgissent des gouffres ouverts,
Dans les convulsions des tempêtes :

Dans les convulsions des tempêtes,
Roulent aux remous des hivers
Vaisseau-Spectre aux marins sans têtes,
Poulpes rougeâtres, noyés verts.

V

Des Stryges et des Trépassés
S'enlacent en blêmes guirlandes,
Elles sans os, eux désossés,
Par les blanchâtres soirs, sur les landes :

Par les blanchâtres soirs, sur les landes,
Larves sans os, crânes cassés,
Ondulent les vagues guirlandes
Des Stryges et des Trépassés.

VI

Mais le sourire clair de ta lèvre,
Toi que j'élus, abolira
Les visions filles de fièvre :
Mon sourire refleurira
Au doux sourire clair de ta lèvre.

Paysage

Au Poète Jose-Maria de Heredia.

« *It was in the bleak December.....* »
(E.-A. Poë — The Raven.)

Un deuil louche effare l'heure
Et sur le soir décembral,
Gémit le cri guttural
D'un chien anxieux qui pleure.

Le sol, près de la forêt,
Jonché de loques de neige
Et crevé de rocs, paraît
Un décor de sortilège.

L'étrange profil se dresse
Des pics bruns ombrés de noir.....
Et la route se tord comme un serpent qu'on blesse,
Au col de la colline morne, dans le soir.

20

L'heure est blême et le vent triste.....
Qui saura d'où l'Effroi vient ?
...Tapi dans un creux du schiste,
Un grand-duc répond au chien.

L'ombre est grise et le ciel bas
Et s'échevèlent les formes.....
Tels des squelettes difformes,
Les chênes tendent les bras.

Des volutes de vapeur
S'enroulent lentes et lourdes :
Et l'on dirait les corps de ces Angoisses sourdes
Qui traînent là, parmi l'écrasante Stupeur.

Hibou Lunaire

Aux blancheurs d'or mat glissant de la Lune,
Sous le ciel très pâle, un peu violet,
Surgit un Hibou d'une branche brune,
Dans un incertain et blême reflet.

Son manteau foncé de plumes funèbres,
Troué des rondeurs blanchâtres des yeux,
Très sinistrement tache de ténèbres
Le Minuit livide et silencieux......

Et l'Effarement de la nuit lunaire
Grandit, plus farouche et plus écrasant,
Depuis que gémit l'appel mortuaire
De l'Oiseau, l'appel morne à quelque Agonisant.....

Phare au Large

A Charles-Eudes Bonin.

« Je sais les cieux crevant en éclairs, et les trombes... »
(Arth. Rimbaud. — Bateau Ivre.)

Enveloppé de l'épouvante des Eaux vertes,
Dressant sa tour sur un roc nu de granit noir,
C'est un Phare émergeant des Mers larges ouvertes ;
La voix bruit d'une vague en un creux d'entonnoir.

Le feu du Phare luit dans la nuit comme un rêve,
Étrangement, ainsi qu'un regard sourirait :
Gloire électrique, ou bien aube falote et brève.....
Et l'on entend comme la Mer qui hurlerait.

Et les embruns glacés, de leurs volutes grises,
Lui font une auréole blême de linceul
Tordu..... Dans la Rafale pleure un râle seul,
Un râle sourd, chanson sanglotante des brises.

Et les Géants du Large érigent leurs crinières :
C'est effroyable, ils vont arracher le récif :
Mais à son flanc leur flux s'écrasant convulsif,
Les Flots hargneusement déferlent sur les Pierres.

Baisers

« Only this and nothing more. »
(E.-A. Poë — *The Raven.*)

I

Baisers reçus, baisers rêvés, baisers de mères,
Baisers d'adieu, baisers d'amis, baisers d'amour,
Radieux ou navrés sourires, tour à tour,
Vous laissez des clartés ou des stupeurs amères.

Ou vous êtes l'Éden, ou vous êtes l'abîme
D'où monte l'âpre effroi des tortures d'enfer :
Tour à tour fleurs de rêve, éblouissante cime,
Glacés comme un cadavre, aigus comme le fer.

II

Embrassements de songe, hypnoses nostalgiques,
Baisers fatals vécus par le cerveau fumant,
A votre leurre, en un cri rauque, éperdument,
Buvons l'ivresse des délires névralgiques !

24

Trop de baisers aussi ne sont que des mensonges :
Et dans quel milliard de leurs dérisions,
Reconnaître l'Ami que révèrent nos songes,
Reconnaître l'Amour de nos illusions ?

Est-il d'autres Amours que des Amours moqueurs ?
D'autres réalités que des candeurs ravies ?
Ah vrai ! c'est trop cruel de fouiller dans les vies,
Et c'est trois fois poignant de remuer les cœurs.

III

O blancs baisers des mères graves et mystiques !
Beaux baisers bleus que les vierges blondes du Nord,
De leurs étranges yeux pleins de luisances d'or,
Suivent au vol de leurs visions fantastiques.....

Baisers évanouis dont les âmes légères
Nous laissent un parfum d'amoureuse douceur.....
Baisers dans les forêts, baisers dans les fougères.....
Baisers dans les palais au luxe caresseur.....

IV

Et ce sont les baisers sanglants des guillotines,
En la rouge agonie, au col de leurs amants.....
Et ce sont des petits les caresses mutines,
Leurs baisers de lutins candides et charmants.

Et vrai, l'on peut ouïr, au fond des forêts grises,
Comme un bruit vague et doux sourdre et se préciser :
C'est d'une Fée, à moins qu'ainsi chantent les brises,
Et de quelque Enchanteur le magique baiser.

V

Et voici les baisers d'adieu lourds de tristesse.....
Frénétique, étreignant celui qui va partir,
Tu prolonges en les resserrant tes caresses,
Au seuil de l'Inconnu prêt à te l'engloutir.

Et si c'est pour l'Aimé le livide voyage
Dans la nuit effrayante et louche du Néant :
Ah ! si tu vois sur la pâleur de son visage
La mâchoire s'ouvrir du sépulcre béant.....

Alors tu saigneras l'arrachement suprême,
En un dernier baiser, délirante rancœur,
En un dernier baiser scellant sa lèvre blême.....
Et dans un grand sanglot s'écrasera ton cœur.

VI

Et vous, baisers cueillis aux lèvres frémissantes,
Aux lèvres de l'Élue offertes sans effort,
Baisers dont on mourrait, baisers d'aubes naissantes,
Baisers qui font pleurer d'un délice trop fort,

Baisers, baisers sacrés d'amour aux ailes roses,
Paroxysme affolant d'une extase de dieu,
Cantique ensorcelant où vibrent les névroses,
Gloire dont nulle gloire humaine ne tient lieu,.

Douceur d'enchantement sidéral et de rêve,
Rayon qui guérirait d'un supplice hideux,
Resplendissant triomphe à l'orgueil d'être deux.....
Tout l'Infini palpite en votre étreinte brève.

Oh! vivre cette étreinte au bruit des vagues vertes
De la mer, où se tord un éternel baiser!
Sous le glauque regard des profondeurs ouvertes
Lentement sur ses yeux des caresses poser.....

Nous-mêmes, les amants de l'Art, blasés ne sommes
Sur la banalité de tes émotions,
Dieu Baiser qui fleuris sur les lèvres des hommes,
Dans le délire doux des adorations.....

Aube de Sang

« *Hommes durs ! vie atroce et laide d'ici bas !* »
(Paul Verlaine.)

A qui donc paraît-il que cette aube sourie ?
C'est une aube de mort ruisselante de sang :
Ce caveau qui se creuse est rouge et l'on pressent
L'écœurement et les fadeurs d'une tuerie.

N'est-ce pas là, sur cette place de Paris,
Là, dans la brume rose et sous les lueurs blondes,
N'est-ce donc pas la guillotine aux bras immondes
Émergeant de la foule ignoble, dans les cris ?

Savez-vous bien ce qu'est une mort infamante ?
Et les frissons tordant d'horreur l'agonisant,
Puis aux bras des bourreaux l'onde molle et fumante
Du sang, du sang vivant encor les arrosant.....

Mais voici que survient, trébuchant et très pâle,
Le condamné marchant au supplice vermeil
Et la lame qui va boire son dernier râle,
Nue en ses reflets bleus, scintille au grand soleil.

Un radieux matin d'été, les feuilles vertes
Se cambrent au léger souffle du vent du nord.
Ce panier est-il donc pour des têtes ouvertes ?
Un oiseau se lisse les plumes sur le bord.

Un coup sourd, un flot rouge, une rumeur de foule
Et c'est fini..... L'oiseau s'est envolé sanglant.
Vers Ivry le fourgon du supplicié roule ;
Contents, les curieux s'écoulent d'un pas lent.

Et tandis qu'insultait cette honte effroyable
Aux rayons striant d'or le front bleu du ciel clair,
Que roulaient pantelants emmi le son friable
Les tronçons, d'odeur fade et chaude emplissant l'air,

Mignonne, ton réveil à des roseurs d'aurore
Riait en les blancheurs de la couche où, le soir,
Tu tends avec langueur les grands yeux que j'adore
Vers les songes berceurs qui flottent dans le Noir ;

La vision d'azur de cette nuit dernière
N'était pas effacée encore entièrement ;
Tu frémissais encore éprise du mystère
Du rêve où se soulève un pan de firmament :

Et le savourant bien avant qu'il ne s'envole
En le chant lumineux du soleil revenu,
Tu gardais tes cils clos, hallucinante idole,
Évoquant les ferveurs d'un doux culte inconnu.

Tu ne sais pas, rêvant aux blanches épopées,
Le cadavre hideux par les hommes forgé,
La tête grimaçante aux artères coupées,
Un rictus d'épouvante en la face figé !

Jusqu'aux Divinités vivantes — cela clame !
Des livides couteaux des Exécutions
Saute l'incarnadine éclaboussure infâme,
Avec un hurlement de Malédictions.

Pas de Sang rouge à tes Doigts roses

« ... *Et la femme était belle.* »
(V. Hugo. — *Le Crapaud.*)

Ne touche pas aux crabes gris,
Par les grèves rôdeurs moroses !
Grâce pour les chauves-souris !
Pas de sang rouge à tes doigts roses !

Non ! cela ne se peut, n'est-il pas vrai ? mignonne,
Qu'un de tes doigts pâles et doux jamais chiffonne
L'aile d'un papillon jusques à la briser,
Qu'en la forêt fleurie ou la fuyante yole,
Tu te taches du sang de quelque bestiole,
Noir meurtre qu'à nul prix tu ne voudrais oser !

Ne touche pas aux lézards gris,
Qui dorment à l'ombre des roses !
Grâce pour les chauves-souris !
Pas de sang rouge à tes doigts roses !

31

Car les vivants de l'eau changeante ou de la terre,
Les tout petits latents, les poissons nuancés
Ont leur droit à l'azur aussi. — Ceux qu'on enterre
Dans les pompes de mort, sous les grands draps foncés,

Sont baignés par les leurs de larmes très cruelles,
Et le cercueil de l'homme est de douleur tissé.....
Et les bêtes du sol et des flots n'auraient, elles,
Sur leur cadavre froid dans le Néant glissé,

Que le vague regard du passant de la route ?
Mais elles ont pourtant des petits comme vous,
Qui les assassinez insoucieux sans doute :
Et sur le pauvre corps brisé, mort de vos coups,

Il se lève, ainsi que pour l'un d'entre les hommes,
Un cortège hurlant de malédictions.....
O fous qui ne savez pas même qui nous sommes,
Ni que, par au delà les générations,

Nous étions confondus dans la tourbe effrayante
Des êtres sans parole et des races sans nom,
Ni qu'en ces temps premiers de la horde grouillante,
Il n'était point de « roi de la création » :

Titre insolent d'orgueil que les hommes se prêtent,
Croyant dans leur audace et leur aveuglement
Que pour eux les volcans s'allument et s'arrêtent,
Que pour eux bruit la lame et murmure le vent,

Pour eux que les jours bleus s'en viennent et retournent,
Que les matins blafards dépouillent leurs haillons,
Pour eux que l'Amour vibre et les planètes tournent
Et que les grands Soleils embrasent leurs rayons !

Ne touche pas aux serpents gris,
Par les sentiers rampeurs moroses !
Grâce pour les chauves-souris !
Pas de sang rouge à tes doigts roses !

Les Temps de Nuit

A Édouard Beaufils.

La hantise me suit de songes nostalgiques
Où je revois, sous les clartés des jours premiers,
Glisser, le long des fûts de difformes palmiers,
Les Êtres abolis des Temps géologiques.

Depuis quels ans perdus, à leur linceul de pierre
Les scella le reflux des Déluges anciens ?
Depuis quels Autrefois antédiluviens
S'appesantit l'amas des rocs sur leur paupière ?

Et les voici surgir tous ensemble : ils se pressent
En leur hallucinant manteau d'étrangeté :
Aux races d'aujourd'hui tel un défi jeté.....
Et les stupéfiants Iguanodons se dressent.

Et tandis que rugit le rauque grondement
Des volcans violets où bouillonnent les soufres,
D'effroyables troupeaux grouillent au fond des gouffres
Et le long des rivages blonds, infiniment.....

Les squelettes hideux sortent du Néant froid ;
Les Visions de Jean redeviennent réelles
Et c'est l'Apocalypse aux terreurs éternelles
Vivante, et c'est le Rêve inouï de l'Effroi.....

*
* *

Mais les Temps sont passés des sèves triomphantes ;
Les Soleils sont éteints qui faisaient délirer
La Vie exubérante, ivre de respirer
Les parfums lourds de leurs caresses étouffantes.

Fossiles qu'on eût dit nés d'un songe livide,
Ils ont fui dans la Nuit où vont les Temps très vieux,
La Nuit où désormais, à son tour, l'Atlantide
Dort avec ses cités, ses peuples et ses dieux.....

Hautaine

« *J'ai vu de longs odieux sur mes mains se briser...* »
(Villiers de l'Isle-Adam. — *Conte d'Amour.*)

N'accueillerez vous qu'avec des sourires,
Tantôt incertains et tantôt moqueurs —
Les uns sont méchants, les autres sont pires
— Ceux qui vous auront consacré leurs cœurs ?

Dans le jardin gris des Indifférences,
Jonché des Bonheurs et des Amours morts,
Vous cloîtrerez-vous toujours sans remords,
Vierge de baisers comme d'espérances ?

..... Pour qu'un soir enfin, dans votre fierté,
Vous abandonniez, ironique et lasse,
Votre main royale au premier qui passe
Et que le Destin vous aura jeté :

Sans même pouvoir tromper vos névroses,
Pour que vous donniez donc à ce passant
L'exquise primeur de vos baisers roses,
Narguant l'Idéal et ses fleurs de sang !

36

Roman

A René Le Clerc.

Le Poète dit à la Dame :
« Pour nos cœurs roses, pour nos cœurs,
L'Amour sera le bon dictame
A l'écœurement des rancœurs :

Sur nos cerveaux trop douloureux
De l'immense stupeur de vivre
Un songe bleu qui nous enivre
Jetons, au lieu de songes creux..... »

Et la Dame vît le Poète,
Adorable et troublant déjà,
Riche d'amour comme un Radjah
L'est de joyaux un jour de fête :

Et l'émoi des pudeurs anciennes se tendit
En un geste effaré semblant dire :
«Va-t'en ! sorcier d'amour, bandit !
Je ne saurais que te maudire.....»
Et c'est ce qu'elle voulut dire.....
Mais ce n'est pas ce qu'elle dit.....

37

Délire d'Amour

« *Un vertige épars sous tes voiles*
Tenta mon front vers tes bras nus..... »
(Villiers de l'Isle-Adam. — *Conte d'Amour.*)

Et quand vers elle enfin mon culte s'érigea,
Mon cœur à tout amour croyait sceller ses portes :
Mon cœur, où ma pensée avait creusé déjà
De trop profonds sillons pleins d'illusions mortes.....

Impassible et glacé dans mon manteau, laissant
Les Amours de jadis à leurs' tombes fermées,
Indifférent d'ailleurs aux grisantes fumées
Qu'épandent des regards de femmes, en passant.....

* * *

Mais elle illuminait tout de l'or de ses tresses :
Qu'elle ne fût qu'humaine, à peine était-on sûr
Et l'on évoquait les blanches enchanteresses,
Leurs philtres de magie et leurs flèches d'azur

Et tremblant, se leurrant de hantises sans trêve,
L'on se sentait rouler par quelque gouffre nu
Vers qui sait quel Soleil de mystère et de rêve,
Splendeur aux lointains blancs et bleus de l'Inconnu.....

38

Et je me prosternai devant cette déesse,
Lui dressant des autels sur mes ruines d'antan,
O vierge irradiante et rose de jeunesse !
Et j'osai caresser un rêve de Titan,

Un fou rêve d'amour où ma raison s'égare,
Où c'est toi que j'écoute, où c'est toi que je vois,
Où ton œil sidéral scintille comme un phare,
Où je n'entends plus rien que l'écho de ta voix.....

⁂

Oh ! n'être pas un roi ! N'avoir un diadème
      Pour ton front !
Oh ! n'être pas un dieu, pour t'ouvrir un ciel blême
      Où luiront

Des Visions de Rêve et d'Infini farouche
      Et des feux
Que pâlira l'éclat du rire de ta bouche
      Radieux.

Les Velours Blonds

« *For the rare and radiant maiden*
« *Whom the Angels name Lenore.....* »
        (E.-A. Poë. — *The Raven.*)

C'est le Poème des Velours
Qui rayonne en ta splendeur blonde :
Les divins Phosphores de l'onde
N'ont que des scintillements lourds
Près de toi, Lumière et Velours,
Sourire bleu de gloire blonde.

L'éclair de tes yeux
N'est pas moins soyeux
Que n'est la douceur de leurs franges
Et la nacre d'or,
Vivant Messidor
Inclus en tes tresses étranges.

Quel Art d'Alhambra,
Quel Rhythme dira
— Quel Art, ah ! quels Vers, quelle Prose ? —
Ta voix, ce frisson
D'aile et de chanson
Et tes lèvres de velours rose ?

40

Tout le Poème des Velours
Vibre et rit en ta splendeur blonde :
Les chatoyants Soleils de l'onde
Apparaissent banals et lourds
Près de ta gloire douce et blonde,
Aux lueurs d'or et de velours.

Consecratio

« Till the yellow-haired young Eulalie
Became my smiling bride..... »
(E.-A. Poë — Eulalie.)

Et voici, voici
Tes cheveux d'été
Qui chantent.....

L'or des Encensoirs —
Oh ! je veux des Soirs
De Fêtes.....
T'éclairera mieux,
Tels les radieux
Prophètes.

Fée aux yeux puissants
Des resplendissants
Messies,
Je t'aime et tu m'es
L'immensité des
Asies.....

Et voici, voici
Tes cheveux d'été
Qui chantent.....

Le Merveilleux Rêve

J'ai rêvé d'automnes très doux,
Seul avec ma jeune maîtresse.....
Et le vent dans les arbres roux
Pour effarer notre caresse.....

Elle, avec de longs cheveux pâles
Et de grands yeux couleur lilas.

Seul avec ma jeune maîtresse,
Sous la molle brume en haillons,
Pour effarer notre caresse
Par les soirs blêmes nous irions,

Nous adornant de saphirs pâles
Et de chrysanthèmes lilas.

Sous la molle brume en haillons,
Oublieux des villes prochaines,
Par les soirs blêmes nous irions
En des coins de pré, sous des chênes

Et j'épandrais ses tresses pâles
Autour de ses grands yeux lilas.

Oublieux des villes prochaines
Et de leur tumulte hideux,
En des coins de pré, sous des chênes
O nous nous blottirions tous deux,

Avec nos jolis saphirs pâles
Et nos chrysanthèmes lilas.

Et de leur tumulte hideux
Fuyant les hontes et les fièvres,
O nous nous blottirions tous deux
Pour nicher la fleur de nos lèvres.....

Je n'oublierais ses cheveux pâles
Qu'en regardant ses yeux lilas.

Fuyant les hontes et les fièvres,
Très loin dans les ravins perdus,
Pour nicher la fleur de nos lèvres,
Adorablement éperdus,

Riches toujours de pierres pâles
Et d'amour et de fleurs lilas..

Très loin dans les ravins perdus,
Baignés de nuit, baisés de brume,
Adorablement éperdus
Cherchant le croissant qui s'allume,

Nous irions et ses grands yeux pâles
Diraient un chant d'amour lilas.

Baignés de nuit, baisés de brume
Parmi les rocs rouges et gris
Cherchant le croissant qui s'allume
Nous vaguerions par les débris,

Radieux sous nos saphirs pâles
Et nos chrysanthèmes lilas.

Parmi les rocs rouges et gris,
Zébrés d'étranges reflets jaunes,
Nous vaguerions par les débris
Des flores mortes et des faunes.....

O tes joyaux sous les cieux pâles,
Petite reine aux yeux lilas !

Diaprés d'étranges tons jaunes,
Les voici, les automnes roux,
Menant le deuil des soleils doux,
Des flores mortes et des faunes.....

Mais la maîtresse aux bijoux pâles ?
Et mon Rêve ? Et l'amour lilas ?

Paroxysme

I

Quand tu connaîtras jusqu'à quel délire
S'affola mon cri d'adoration
Et par quels sanglots d'infernale lyre
J'ai rhythmé mes nuits de damnation ;

Quand tu sauras comme à ta sainte approche
Refluait le sang à mon cœur fiévreux,
Et que tu m'aurais tué d'un reproche.....
Ah ! tu frissonneras de voir si douloureux,

De voir si douloureux cet amour de névrose,
Qui tord un cerveau d'homme ainsi qu'un linge mou,
Et vous déchiquetant le cœur d'un ciseau rose,
Vous fait plus misérable et plus heureux qu'un Fou.

II

Elle, impassible ainsi qu'un mur de citadelle.....
Et c'est d'un tel amour qu'elle osait faire fi.....
Et je rêvais au temps où, pour être aimé d'elle,
Un signe du doigt d'or d'une Fée eût suffi.

46

La Morte

Au Poète Maurice Maeterlinck.

« Mettez quelque chose sur elle. »
(M. Maeterlinck — *La Princesse Maleine.*)

La Vierge blanche, la Vierge est morte
Et c'est un navrant adieu.....
O sa bonne jeunesse morte
La mort dans son regard bleu.

Il faut joncher de corolles blanches
Et sceller dans du satin
Pour lui cacher l'horreur des planches
Son pauvre sourire éteint.

Un charme étrange irradie encore
Les linges froids du linceul
A ce point qu'on dirait enclore
De l'aurore en un cercueil.

Et l'enfant blond dont la sœur est morte
Tremble et de stupeur transi
N'ose pas dépasser la porte,
La voyant rigide ainsi.

47

Un cierge jaune à la senteur forte
Éclaire lividement
La Morte, la Morte, la Morte.....

Et sous son morne grésillement,
En attendant qu'on l'emporte,
Elle gît là sinistrement,
    La Morte.

La Petite Morte, la Morte.

Heures, Filles du Temps

A René Grivart.

Insulteur insensé des Heures paresseuses,
Sous le flot bouillonnant de tes désirs noyé,
Tu les verras ronger, brèves démolisseuses,
Tout ton pauvre bonheur qu'elles t'auront broyé

Et le déchiquetant en d'avides mâchoires,
Elles s'en repaîtront des suprêmes lambeaux :
Et ton cœur pleurera son sang en larmes noires,
Comme devant un mort entouré de flambeaux.

Heures, filles du Temps, faucheuses surhumaines,
Quel amour ou quel dieu vous demeure sacré?
Où sont les gloires d'or des Minerves romaines
Et les vierges d'antan au sourire nacré ?

Ah vrai ! je ne puis que vous imaginer blêmes
Lividités de mort, de glaives sans fourreaux,
Rouges aussi, fureurs de flamme et d'anathèmes,
Rouges comme le sang qui souille les bourreaux.

Qui donc effacera votre ombre de ma joie
Et me délivrera du fantôme fatal,
Du vampire de l'Heure écœurant et brutal,
Au difforme profil d'hydre en quête de proie ?

.*.

Les bonheurs les meilleurs s'affaissent chancelants.....
Ainsi les mères sur les fraîches sépultures,
Les corps sous la tenaille horrible des tortures
Et sous les chocs d'épieux les épiques Géants.

Quand les heures l'ont pris, chaque bonheur s'effrite.....
Tels les angles sculptés des temples du vieux temps,
Les ossements dans les sépulcres de lychnite
Et les rocs sous-marins et les fleurs de printemps.

Dans la nuit de leur cours chaque bonheur s'efface.....
Comme l'ombre chinoise évanouie au mur,
Comme après les sanglots les larmes de la face
Et les illusions bien avant l'âge mûr.

A leur étreinte enfin chaque bonheur succombe.....
De même un penseur las qui se croyait plus fort,
De même un égaré dans une catacombe
Et de même la vierge aux baisers de la mort.

Réalité Fantastique

A mon ami le Docteur Victor Baudry.

Elles s'en vont, les Routes d'acier, fabuleuses,
Par les Pays et par les Cités,
Vers la splendeur des grandes gares lumineuses
Sous les baisers bleus des électricités.

De la lande bretonne aux lacs de Sibérie
Elles s'en vont, trouant les rochers.
O le déroulement des sites de féerie.....
Les silhouettes fuyantes des clochers.....

Et sous la lune bleue ou dans la brume blanche,
Stupéfiant, le Rapide fuit :
Rougeâtre vision guidant son avalanche
Sur la tache de sang des disques de nuit.

Formes de trains tordant leurs étranges échines
Vertigineusement, aux détours.....
Et scandé par le rauque hoquet des machines,
Le tumulte des départs et des retours.....

51

Rayant la majesté des montagnes de pierre
Et le morne décor des marais,
A travers le Désert navrant et la rizière,
A travers le lourd silence des Forêts,

Elles s'en vont, les Routes d'acier, fabuleuses,
Par les Pays et par les Cités,
Vers la splendeur des grandes gares lumineuses
Sous les baisers bleus des électricités.

Prêtres de l'Art

A trois Amis.

Nous qui nous donnons aux merveilleux thèmes
D'un culte superbe et sacerdotal,
Trop loin à l'écart du monde brutal
Pour sentir le fiel de ses anathèmes,

Graves, nous marchons la main dans la main,
Nous que le frisson de l'Art seul rassemble,
Robustes assez pour braver ensemble
Le Mal d'aujourd'hui, la Mort de demain.

Chacun va courant vers son plus beau songe,
Sans voir le Destin rire à son côté.....
Qu'importe que l'Art ne soit qu'un mensonge,
Si nous y croyons avec loyauté.

Et nous, les Penseurs et nous; les Poètes,
Oserons chercher, à travers l'azur,
Quels Effrois sans nom planent sur nos têtes
Et ce qui serait DERRIÈRE LE MUR.

Vers l'Inconnu

A Paul Verlaine.

« *Nous avons, nous, l'esprit malade et le front blême.* »
(X...)

Penseurs que la fièvre affole
De sentir et de savoir,
Venez..... La vision folle,
Nous essaierons de la voir.....

Nous enfoncerons les portes
Des sarcophages pesants ;
Nous exhumerons des Mortes
Du fond de la nuit des ans.

Nous déchiffrerons les pages
Des vieux mystères sans nom,
Sous les silences de plomb,
Dans la profondeur des Ages.

Nous violerons joyeux
— Avec quelle frénésie !
Les temples secrets d'Asie
Où dorment les anciens dieux,

Et perdus par les dédales
Des souterrains consacrés,
Ferons surgir, effarés,
Des spectres d'entre les dalles.

Nous braverons sans remords
Les gardiens des sanctuaires
Rigides dans leurs suaires,
Grands-prêtres des cultes morts.

Et pour revivre leur rêve
D'il y a quatre mille ans,
Nous adorerons sans trêve
Les dieux de pierre géants ;

Sans trêve au temps qui s'enfuit,
Nous adorerons ces formes
D'anciens rêves, dieux difformes,
Monstres aux faces de nuit.....

Mais de pareils sacerdoces
Peut-être nous reviendrons
Rongés de virus atroces
Et la folie à nos fronts.

Vienne donc le mal étrange :
Il sera le bien venu
Et nous, chercheurs d'Inconnu,
Nous le boirons s'il nous mange ;

Dernier Rêve à nos cerveaux,
Nous le vivrons s'il nous tue :
La Mort, nous l'aurons vécue
Avec des frissons nouveaux.....

Les Mégalithes

A Henry Eon.

La gloire du Menhir émerge formidable
Du sol nu de la Lande aux navrantes rousseurs ;
Et le Dolmen couche à son pied sa lourde table :
Et la Légende dit que les Pierres sont sœurs.

Elles ont entendu grincer les derniers râles
Des Immolés, et vu pleurer leurs yeux tordus,
Quand les Prêtres sanglants des Mystères perdus
Éclaboussaient de mort leurs grandes robes pâles.

Et là-bas, la Forêt de Chênes aux troncs gris
Cache d'autres autels de pierre et d'autres tombes.....
Et sur ces Lieux sacrés d'anciennes hécatombes
Plane la Majesté sinistre des Débris.

Fantômes Bretons

« *Through the Night.* »
(E.-A Poë. — *Ulalume.*)

Pays des Bretons sous les brouillards gris,
Pays des Bretons hanté de Fantômes,
Pays des Bretons où d'étranges Gnomes
Voltigent sous les arbres rabougris.....

Vieux Pays Breton voilé de Légendes.....
Je sais tes Effrois blafards de Minuit,
Parmi tes rochers de sang et de nuit,
Dans les vals perdus au profonds des landes.....

*
* *

Des coteaux bossus couverts de vieux chênes,
Des landes d'ajoncs, des bouquets de pins
Et des chemins creux entre les lopins,
Où des Trépassés vont traînant des chaînes.

Des guérets déserts où sur les talus
S'allument parfois des cierges funèbres,
Par ces nuits de brume aux pâles ténèbres
Où l'on songe à Ceux qui ne vivent plus.

58

D'étranges clochers sculptés dans la pierre,
Adorablement, au temps des vieux rois
Et des bas reliefs sur la vieille croix
Qui garde les Morts dans le cimetière.

Et des Korrigs nains et des Korrigans,
Dans les replis nus des collines brunes,
Danseurs de ballets sous les Pleines Lunes,
Danseurs éternels sur rhythmes fringants.

Au creux des ravins, d'effrayantes Sphinges
Se montrent à ceux qui la nuit vont seuls :
Mortes d'autrefois lavant des linceuls,
Hideuses parmi les linceuls de linges.

Et, débris croulants des longs Ages morts,
Mégalithes gris des Forêts mystiques,
Castels féodaux et cloîtres gothiques,
Ont chacun leur spectre et tous leur remords.

Et la Mer livide où des Morts sans nombre
Hurlent leurs sanglots aux vents — O ce bruit
Macabre et navrant à travers la Nuit !
— Mord de baisers noirs la Bretagne sombre.

*
* *

Pays des Bretons sous les brouillards gris,
Pays des Bretons hanté de Fantômes,
Pays des Bretons où d'étranges Gnomes
Voltigent sous les arbres rabougris.....

Vieux Pays Breton voilé de Légendes.....
Je sais tes Effrois blafards de minuit,
Parmi tes rochers de sang et de nuit,
Dans les vals perdus au profond des landes.....

Écrit en Bretagne, l'hiver.

Visions Blêmes

A Maurice Dumolin.

J'ai roulé sous mon front de stupéfiants rêves ;
Des spectacles blafards à mon œil effaré,
Par les soirs gris, se sont offerts, hypnoses brèves,
Où frénétiquement je me suis égaré.

Leur étrange saveur de hantises spectrales
Au cerveau me laisse un blême éblouissement :
Délire surhumain, froid épouvantement,
Tressaillements sacrés d'extases augurales.....

Où suis-je ? Où suis-je donc ? Et quelles Formes vagues,
Restes de Trépassés ou germes de Vivants,
Là, là, palpitent sous les pâles plis mouvants
De suaires brumeux aux lents frissons de vagues ?

Je vois, je vois, parmi les Pâleurs d'outre-tombe,
Les Êtres ignorés qu'évoquent les chercheurs,
Les Êtres d'au delà la Terre, sur qui tombe
L'irradiation de lunaires blancheurs.

Sur moi s'ouvrent leurs yeux béants aux orbes vides,
Leurs yeux sans nom, où flotte un Rêve de Stupeur :
O démesurément, dans leurs robes livides,
Les silhouettes des Simulacres..... J'ai peur.

Vous êtes effrayants sous vos linceuls blanchâtres,
Hôtes mystérieux des Limbes inconnus.....
Oh ! pourquoi tordez-vous ainsi vos membres nus,
Et quels mots tracez-vous en signes violâtres ?

Après sensations de visions puissantes,
D'avoir les sens ouverts surnaturellement
Et de sonder, par au delà le Firmament,
Les évolutions des Larves frémissantes.....

Hallucinations fatales de névroses :
Voir Ceux qui ne sont pas de notre Monde à nous !
Vous me rongez le crâne, autant que les nécroses
Qui creusent dans les os de la face leurs trous.....

Ultimum Littus

A mon ami le Docteur Henry Le Marc'hadour.

« Out of Space — out of Time »
(E. A. Poë. — *Dreamland.*)

Voici, dans un Pays du Rêve et de la Nuit,
Mais où le Rêve est inquiet et la Nuit louche,
La blancheur d'un Soleil de neige qui se couche.....
Et dès lors un étrange et stupéfiant bruit.

Proférant d'effrayants anathèmes, ce sont
Des Morts galvanisés comme autant de Lazares,
Et qui marchent avec leurs tombeaux et qui vont
Sous la mauve lueur des Étoiles bizarres.

Ils sont tous à ce rendez-vous : Ceux de la Terre,
Ceux des Astres tournant autour de Sirius.....
De tous les Mondes sidéraux ils sont venus,
Ils sont venus à ce farouche cimetière ;

Ils sont venus, et là se pressent réunis
Tous les Morts, depuis l'aube éternelle des Ages,
De tous les Univers qui tracent leurs sillages
Sous les Soleils, dans les Espaces infinis.

O cortège inouï des Formes et des Races :
Spectres de l'Inconnu liés au même sort,
Stigmatisés hideusement des mêmes traces
Par le baiser de la Matière et de la Mort.....

Mais pourquoi donc ceux-ci traînent-ils avec eux
Des images de dieux et des faces de femmes
Et les flagellent-ils ainsi de noms infâmes,
Tout en crispant convulsément leurs os rugueux ?

Ah ! c'est que l'Idéal n'est plus qui fut leur Rêve :
Leurs Amours ont menti comme ont menti leurs dieux.....
Et perdus dans la nuit sans fond de l'âpre grève,
Blasphèment à jamais ces Morts prodigieux.

Suprêmes Énigmes

A ceux qui pensent

Les regards pâles des Fantômes
Nous appellent vers l'Inconnu
Mais êtes-vous nos Morts, Fantômes,
Ou des Forces de l'Inconnu ?

Dans la tourmente des Atomes,
Nos esprits tremblent, éperdus,
Devant l'énigme des Atomes,
Des Astres bleus, des Morts perdus.....

Les Morts !... Peut-être bien qu'ils dorment,
Trop las enfin d'avoir vécu
Mais rêvent-ils, pendant qu'ils dorment,
A ce bruit vain qu'ils ont vécu ?

Ne sont-ils plus ? Sont-ils encore ?
Sont-ils toujours ? Ne sont-ils plus ?
Qu'ils parlent donc s'ils sont encore
N'en parlons pas s'ils ne sont plus !

FINI D'IMPRIMER

le dix juillet mil huit cent quatre-vingt-onze

PAR

EMILE LEMOINE

Imprimeur

7, rue du Temple et rue de Lyon

CHALON-SUR-SAONE

www.ingramcontent.com/pod-product-compliance
Lightning Source LLC
Chambersburg PA
CBHW071251210626
46818CB00013B/941